JN293678

Re: メル友からのメッセージ

増原亜紀子／作
内藤あけみ／画

ハート出版

いじめをなくそう！

・☆・

第１１回「ほたる賞」グランプリ受賞作品

7月7日——。

　あたしは、そわそわしながら何個目かのガムを口の中におしこんだ。あたしの好きなブルーベリー味。なのに、何の味も感じない。後ろの大きな花時計を見ると、約束の時間まで、あと２０分もある。

　カチコチカチコチ。

　早く来い。

　来ないで。

　あたしは、ポケットの中に手をつっこんで、地面をつまさきでガツガツと掘り返した。とても、じっとしていられないもの。ポケットの中で、ガムの包み紙がくしゃっと音を立てた。

☆……・☆・……☆……・☆・……☆

　あたしがその子と出会った場所は、学校でもなければ近所のスーパーの２階のゲームコーナーでもない。あたし達は、パソコンを通して知り合った。
　あたしは一人っ子で、お母さんは１日に３０分だけ、リビングに置いてあるノートパソコンをあたしが使うことを許可してくれている。だから、学校でパソコンの授業が始まった時、先生に『じゃあ、インターネットを使ってみましょう』なんて言われても、今さらって感じだったの。他のみんなが先生の説明通りに学校のホームページを見ている間に、あたしはこっそり、家でお気に入りに

登録してある《みなたのネットワーク》を覗きにいった。ここは、小学生向けのホームページで、毎日スポーツニュースやアニメの情報が更新されている。掲示板を使って、他の子とやりとりしたりもできる。ちなみに、"みなたの"ってのはみんなで楽しく、の略なんだって。

あたしは、検索エンジンから"みなたの"に入って、手早くパスワードを打ち込んだ。ここでは、会員登録しないと、メールや掲示板を使えない。いつものように好きなバンドの新しい情報をチェックして、あたしは掲示板を開いてみた。

あたしは、掲示板にもよく書き込みをする。内容は、テレビドラマの感想とか、学校のこととか。でも、あたしの書くことはうそばっかりだった。

今日は学校でこんな楽しいことがありました、うちのクラスは本当ににぎやかです―なんて、うそ。みんな、うそ。

　あたしは、4年生になってすぐに、今の学校に転校して来た。お父さんの仕事の都合でね。今にして思えば、最初がよくなかったんだと思う。前の学校が大好きで、転校するのがいやでいやで仕方なかったあたしは、新しい学校で文句ばかり言っていた。

　校舎が古い、水飲み場がない、体育で使うバレーボールもぼろぼろのばっかり。給食もおいしくないし、お昼休みに流れる音楽も、幼稚園の子が聞くような子供っぽい歌ばっかり。前の学校では、ヒットチャートを流したりしていたのに。

そんなことばっかり言ってたら、気がついたらあたしは転校して1ヶ月すぎても、ただの一人の友達もできていなかった。
　でも、これは自分が悪い。本当に、そう思う。でも、今さらどうやって友達を作ればいいのか、あたしにはわからない。
　だからあたしは、インターネットが大好きだった。あたしのことを何も知らない、よその学校の子が、あたしが掲示板に書いた文章に反応してくれる。顔も知らない子だから、うそをついたってかまわないと思った。
　みんな、あたしのことをうらやましいって言ってくれる。楽しそうな学校でいいなぁ、って。あたしは、それで満足していた。学校で友達ができ

なくても、インターネットでおしゃべりができれば、寂しくない。好きなことを好きなように話すだけだから、けんかもしないしね。

　それで、その、パソコンの授業の日。"みなたの"の掲示板で、あたしはちょっと気になる書き込みを見つけた。

投稿者：朝日

投稿日：５月１０日（木）

内容：今日、はじめて友達のうちに遊びに行きました。ずっと仲間はずれにされてたからとってもうれしい。友達がいない人、あきらめないでがんばってください。

　あたしは、ふーん、とか、へぇ、とか、そんなことをつぶやいて、キーボードに手をそえた。あたしは、キーボードを打つのもすごく速い。だから、こんな授業、ばかばかしくてやっていられないわけで…。

投稿者：ジュリ

投稿日：5月11日（金）

内容：なんか、コツがあったらおしえて？　よかったらメールください。

ジュリ、っていうのが、あたしのハンドルネーム。インターネット上(じょう)で使う、あだ名のようなもの。むかし飼(か)ってた犬の名前。もう、死んじゃったけど。
「何を見ているの？」
　ふいに、頭の上で先生の声がした。あたしはあわてて"みなたの"のページを閉(と)じると、センスの悪い学校のホームページを見ていたフリをした。
　ホントつまんない。

☆……・☆・……☆……・☆・……☆

　学校から帰って、あたしは手をきれいに洗ってから、お米をとぎ始めた。うちはお母さんも働いているので、ごはんを炊くのだけはあたしの仕事。水を計って、炊飯器を３０分後炊飯スタートにセットすると、あたしはノートパソコンを開いてみた。

"みなたの"に入ってみたけど、メールにも掲示板にも、朝日からの反応はなかった。まぁ、そんなもんだよね。あたしはパソコンの電源を落として、テレビをつけてソファに寝転がる。

　お母さんが帰ってくるのは６時半、お父さんは

8時すぎ。それまでの間、あたしはひとりでテレビを見たり、ゲームをして過ごす。この時間はインターネットはあまりやらない。学校が終わってすぐの時間は、新しい書き込みもないからだ。たぶん、みんな、学校の友達と遊んでいるのだろう。

　ごろごろしながらテレビを見ていると、5時半になった。気がつくと、炊飯器からは白い湯気が上がっている。あたしは、なんとなく思い付いて、もう一度パソコンを開いてみた。

"みなたの"に入る…。

　来てる！

　メールが届いていた。朝日からだった。あたしは、半分わくわく、半分ひやひやしながらメールを開いた。本当にメールくれたんだ。イタズラと

かじゃないでしょうね？

✉ **差出人**:朝日
宛先:ジュリ
件名:はじめまして

掲示板を見ました。ジュリは友達がいないのですか? 私も、少し前までそうでした。いじめられて、無視されてたの。でも、クラスがかわってから、いじめられなくなったよ。
よかったら、ジュリの話もきかせてください。
朝日

　イタズラなんかじゃなかった。とても、とてもうれしくて、あたしは、さっそく返事を送った。

✉ **差出人**：ジュリ

　宛先：朝日

　件名：メールありがとう！

朝日はいじめられてたの？　あたしは、いじめじゃないけど、クラスの子と話したりできない。転校してからずっと。お母さんや先生には言えない。朝日は友達ができてよかったね。朝日は何年生ですか？　あたしは４年　ジュリ

　あたしは一気にメールを打つと、すぐに送信した。なんだか、心のもやもやが、少し吐き出されたような気がした。インターネットで本当のことを言ったのは、これが初めてだった。

☆……・☆・……☆……・☆・……☆

　あたしと朝日は、毎日メールを交換するようになった。あたしは、掲示板にうそを書くのをやめた。自分は、今までとてもつまらないことをしていたんだなって、そう思った。

　朝日はあたしと同じ４年生で、好きなお笑い芸人やマンガも同じで、とても気が合った。朝日とのメールは楽しかったし、学校のことについて、いろいろ相談もできた。

　朝日は４年生になるまではずっといじめられていたらしく、学校をかわろうかとも思った、と書いていた。そんなことまで話してくれるのが、う

れしかった。朝日が友達のことをメールに書いてくると、少しヤキモチをやいたりもしたけど。どんなにメールで仲良(なかよ)くなっても、朝日は他の学校の子なんだなぁ、と思い知る。それにあたしは朝日の顔だって知らないし、朝日のほうだって、それは同じだ。

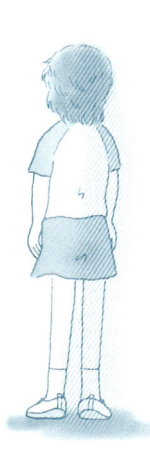

✉ **差出人**：朝日

　　宛先：ジュリ

　　件名：カゼひいちゃった

今日は学校を休みました。でも、熱は下がったから、ママが買い物に行ったすきに、こっそりネットしています。たいくつなの。

ジュリはどんな音楽きくの？　私は、一番好きなのはジッグジャンク！　最高だよ。　朝日

✉ **差出人**：ジュリ

　　宛先：朝日

　　件名：かぜなおったの！？

はいはい！　ジッグジャンク大好き！　朝日はどの歌が好き？

ほんとうに同じもの好きなの多(おお)いよね〜

ケータイもってたらもっとメールできるのにね。

お母さんが、住所とか電話番号とか教えちゃだめだって言うの。

朝日だったらへいきなのにね。

でも、ヒントだけだします。

あたしの家からは、海が見えます！

近くに水族館(すいぞくかん)もあります！　ジュリ

✉️ **差出人**：朝日

宛先：ジュリ

件名：なおったよ！

ありがとう。ジッグジャンク好きなんだ〜　どの歌が好き？　私は、七夕（たなばた）まつり。

私のうちも海の近くだよ！　水族館は、電車に乗ったら行けます。私のヒントは、その水族館は、となりに観覧車（かんらんしゃ）があります。　朝日

✉️　**差出人**：ジュリ

　　　宛先：朝日

　　　件名：もしかして近い！？

七夕(たなばた)まつりいいよね、すごく好きです。感動するよね。

そして…うちの近くの水族館、観覧車あるよ！

あたし乗ったことあるけど、ちょう恐(こわ)いよ〜

ひょっとして近所に住んでたりして…？　朝日と会って遊びたい！！　ジュリ

✉ **差出人：朝日**

　　宛先：ジュリ

　　件名：ヒントついか～

もしかして、花時計のある公園、知ってる？ 知ってたらぜったい近くだよ！　会おうよ。あ、さっきぐうぜんつけたら、ジッグジャンクがテレビに出てたよ！　見た？　ジッグジャンクちょうかっこいいよね！　朝日

✉ **差出人**：ジュリ

　　宛先：朝日

　　件名：わ～い！

花時計、知ってるよ！　うちから電車でちょっと行った駅の前だよ。いつ会おうか？　わくわくするね～　いっぱい遊ぼうね～

会ったら住所とか教えるね！

そうだ、会うの、七夕の日にしない？　土曜日だし。　ジュリ

✉️　**差出人：** 朝日

　　宛先： ジュリ

　　件名： そうしよう！

七夕(たなばた)の日に会えたら最高だね。

ジッグジャンクの歌みたい。

日曜日に、お姉(ねえ)ちゃんとカラオケで歌いました。

ジュリとも歌いたいな。　　朝日

✉ **差出人**：ジュリ

宛先：朝日

件名：カラオケいきたい～

ほんとにジッグジャンクの歌だね～

花時計の前に1時でいいかな！？

これからは会って遊べるね！　ジュリ

✉ **差出人**：朝日

　　宛先：ジュリ

　　件名：いやなこと

今日、学校で、前のクラスで私のことをいじめていた子とろうかでぶつかった。すごくこわかった。あやまろうとしたけど、声がでない。でも、何も言われなかったよ。うわさでは、その子は今は他の子をいじめてるみたい。そんな子なのに友達は多いの。おかしいよね？
はやくジュリに会いたいです。　朝日

郵便はがき

171-8790

425

料金受取人払

豊島局承認

3394

差出有効期間
平成20年3月
15日まで

東京都豊島区池袋3-9-23

ハート出版

①ご意見・メッセージ 係
②書籍注文 係（裏面お使い下さい）

ご愛読ありがとうございました

ご購入図書名	
ご購入書店名	区 市 町　　　　　　　　　　　　　　　　　　書店

●本書を何で知りましたか？
① 新聞・雑誌の広告（媒体名　　　　　　　　　　）　② 書店で見て
③ 人にすすめられ　　④ 当社の目録　　⑤ 当社のホームページ
⑥ 楽天市場　　⑦ その他（　　　　　　　　　　　　）

●当社から次にどんな本を期待していますか？

●メッセージ、ご意見などお書き下さい●

....
....
....
....
....
....

ご住所	〒			
お名前	フリガナ		女・男	お子様
			歳	有・無
ご職業	・小学生・中学生・高校生・専門学生・大学生・フリーランス・パート ・会社員・公務員・自営業・専業主婦・無職・その他（　　　　　　）			
電　話	(　　　-　　　-　　　)	当社からのお知らせ	1. 郵送OK 2. FAX OK 3. e-mail OK 4. 必要ない	
FAX	(　　　-　　　-　　　)			
e-mail アドレス	＠　　　　　　　　　　　　　　　　　　　　パソコン・携帯			
注文書	お支払いは現品に同封の郵便振替用紙で。(送料実費)			冊数

✉ **差出人**：ジュリ

　　宛先：朝日

　　件名：ひどいね〜

あたしだったら泣(な)いてるかもしれないよ、朝日はえらいね。いじめてたのってその子だけじゃなくて他にもいたの？　いやなこと思い出させてたらごめんね？？？

あたしもはやく会いたい！！　ジュリ

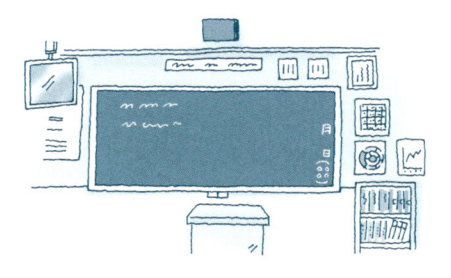

✉ **差出人**：朝日

宛先：ジュリ

件名：5人かな

いじめてきたのは。物を投げてきたり、くつをかくしたりしたのはその子とあと1人くらいだけど、周(まわ)りの子もいっしょになって笑(わら)ってたから、私には同じ。でも、今は平気(へいき)です。

ちょうど、お昼休みで、放送でジッグジャンクの曲(きょく)が流れてたから、がんばれました。ジッグジャンクの曲って元気になれるね！　朝日

✉ **差出人**：ジュリ

　　宛先：朝日

　　件名：ジッグジャンク大好き

朝日の学校は昼休みにジッグジャンク流すの？
いいな〜　うちは子供の歌ばっかりだよ。前の学校ではジッグジャンクとか流れてたんだよ。
でも、前の学校のことばかり言ってたらだめだよね。今日はクラスの子といっしょに音楽室に行きました。あたしもがんばる。　ジュリ

✉ **差出人**：朝日

　宛先：ジュリ

　件名：おめでとう

私もさいしょは体育のときいっしょに着がえたりとかそうやって友達になったよ。ジュリもがんばって。

私の学校は、職員室のまえに放送部のリクエストボックスがあって、そこに好きな歌を書いて入れたらだいたい流れます。放送部の先生がＣＤを借りてきてくれるみたい。　朝日

あたしは、ジッグジャンクの七夕まつりを聞きながら、朝日からのメールを読み返していた。
　七夕まつりはジッグジャンクが初めてオリコンで１位をとった曲。大好き。サビの部分(ぶぶん)がとくに好き。

　♪七夕まつりの夜に君に会いに行こう…
　　星の海泳いで渡っていこう…

いよいよ朝日と会えるのだと思うと、あたしはうれしくて仕方がなかった。朝日とメールを交換するようになってから、学校でもがんばって自分からいろんな子に話しかけるようにしてみた。朝日が応援してくれるから。

　そしたら、いっしょに帰ったり、体育のときに体操のペアを組んだり、クラスの子ともそんなことができるようになってきた。

　だけど、そんなふうになったのも、きっと朝日のおかげ。あたしにとって、顔も知らない朝日は、やっぱり特別な友達なの。

✉️ **差出人**：ジュリ

宛先：朝日

件名：いいな

あたしの前の学校もリクエストボックスあったよ！　あたし放送部に入りたかったけど、人気(にんき)だから無理(むり)だったの。

きのう音楽室いっしょに行った子と帰りました。もっと仲良くなれたらいいな。　ジュリ

✉ **差出人**：朝日

　　宛先：ジュリ

　　件名：私も同じ

私も放送部に入りたかったけど、委員きめるときやりたいって言ったけど無視された。いじめてた子が学級委員だったから。私、いじめられてたこと先生にはぜったい言わなかったけど、言えばよかったかなあって、たまに思います。

ジッグジャンクの新しい曲もリクエストボックスに入れないと。　朝日

あたしは、前に通っていた学校のことを思い出した。朝日とメールするようになってから、あまり考えないようにしていたのだけど。あたしは放送部に入りたくて、でも何度、立候補してもジャンケンで負けて、いつもくやしい思いをしていたんだ。

　前の学校だったら、あたしも今ごろリクエストボックスにジッグジャンクの曲を入れまくっていたのに。

　それにしても、朝日みたいな良い子がいじめにあっていたなんて、おどろきだ。あたしが学校で仲間はずれにされているのは、ジゴウジトクってやつなんだろうけど。

　前の学校は、いじめとかなかったな。みんな仲

良しで、本当にいい学校だったの。あたしは、久しぶりに前の学校の友達にも手紙(てがみ)を書いてみようかな、なんて思いながら、ノートパソコンの電源(でんげん)を落とした。

　部屋には、まだ、ジッグジャンクの七夕(たなばた)まつりが流れていた。

　　　　☆……・☆・……☆……・☆・……☆

✉ **差出人**：朝日

　宛先：ジュリ

　件名：暑(あつ)くなってきたね！

はやくプール開(びら)きにならないかな。私、むかしスイミングならってたんだよ。

うちの学校のプール、屋上(おくじょう)にあるんだ。屋根(やね)もついてるから、雨の日でもはいれるよ。

海にも行きたい！　朝日

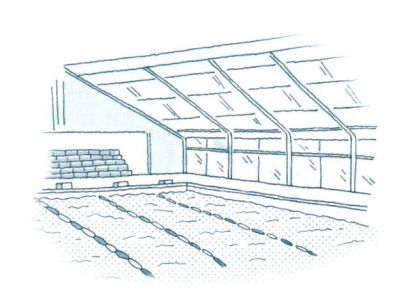

✉ **差出人**：ジュリ

宛先：朝日

件名：あたしは苦手〜

プール、目がいたくなるもん。水着になるのもいやだな。泳ぐのもうまくないよ。25メートルだってきびしいもん。

朝日はスイミングやってたんだね。教えてほしいな。　ジュリ

朝日とメールのやりとりを始めてから、1ヶ月半くらいが過（す）ぎたころ。

　少し前から、気になりはじめていた。

　花時計。水族館の近く。昼休みのジッグジャンク。リクエストボックス。屋上のプール…。

　ぐうぜんにしては、出来すぎてない？　朝日って、もしかして、あたしが前にいた学校の生徒（せいと）？

　だけど、あたしの学年では、いじめなんかなかった。絶対（ぜったい）になかった。これだけは、はっきり言える。あたしの持ってるジッグジャンクのＣＤ全部かけてもいい。

　でも、朝日の話を聞けば聞くほど、朝日が通っている学校は、あたしの前の学校なんじゃないのかなって気になる。

✉️ **差出人**：朝日

宛先：ジュリ

件名：コンタクトなくしちゃった

ママに怒られたけど、新しいのを買ってもらうことになりました。つぎの土曜日に、お医者に行ってきます。

それまでメガネなので、ちょうふべん。　朝日

✉️ **差出人**：ジュリ

宛先：朝日

件名：すご〜い

朝日、コンタクトなんだ！　大人(おとな)みたいだね。あたしも視力検査(しりょくけんさ)よくなかったんだけど、メガネはいやだなあ〜　ジュリ

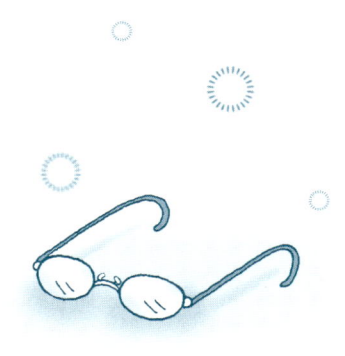

✉ **差出人**：朝日

　宛先：ジュリ

　件名：なれるとべんりだよ〜

私、くるくるメガネちゃんって呼ばれてたの。天パでメガネかけてたから。すごくいやだった。だから、ママにたのんでコンタクト買ってもらったんだ。最初は痛かったけど、今はだいじょうぶ。メガネって呼ばれなくなったし。　朝日

あたしは、頭から冷たい水をあびせられたみたいに、体が動かなくなってしまった。頭の中まで凍りついてしまったみたい。ただ、心臓だけは、ドキドキ動いていた。
　思い出した。
　ミチルだ。
　高島ミチル。
　あたしが、前の学校の仲良しグループの友達と、くるくるメガネちゃんって呼んでた女の子。天然パーマの巻き毛と、赤いメガネ。背が低くて、国語の本読みが苦手で、先生にあてられると、真っ赤な顔をして、すぐに泣いてた子。
　あたしのグループの中で一番勉強も運動もできたサヤカちゃんっていう子が、…そう、学級委員

をやっていて、男子にも人気のあったサヤカちゃんが、よく高島ミチルをからかって遊んでいた。

でも、あんなの、いじめじゃないよ！

サヤカちゃん達、楽しそうにしてたし…。

あたしだって、面白かったから。

みんなも、笑ってたじゃない！

いじめじゃない！！

あたしは、こうふんして、思わずパソコンのキーボードを強く叩いてしまった。

そんなつもりじゃ、なかったのに…。

あたしは、グループの中ではおとなしい方で、いつもみんなの意見にしたがって行動してた。特に、サヤカちゃん。サヤカちゃんに嫌われたら、あのグループにはいられなかったし、クラスでも

浮いてしまっていただろう。サヤカちゃん達といると楽しかったし、サヤカちゃんと仲良くしているかぎり、男子にからかわれたりすることも、絶対になかった。

あたしは、サヤカちゃんに嫌われないように、必死だった。たのまれたことは、何でもしてあげた。サヤカちゃんもあたしに、いろいろしてくれたから、それはお互いさまなんだけど…。

だから、サヤカちゃんがふざけてミチルの一朝日の筆箱をかくしたり、変な替え歌ではやしたてたりするときは、あたしもいっしょになって面白がらなきゃいけなかった。

あれが、いじめだなんて思いもしなかった。あたし達にしてみれば、ただの遊びのつもりだった

のに。

　朝日は、ミチルは、いやだったんだ。

　ずっと、ずっと。

　学校をかわろうかとも思ったって、メールに書いてあった。

　朝日が最初(さいしょ)にメールをくれたときのことを思い出した。うれしかった。とても、とてもうれしかった。

　あたしは、リビングの壁(かべ)に貼(は)ってある、マンガ雑誌(ざっし)のふろくのカレンダーを見上げた。もう、夏になっている。きのう、お母さんがページをかえたのだ。水着(みずぎ)の女の子が、笑っている。手に、アイスを持って。

　あたしも、いっしょにアイスを食べたり、おしゃ

べりしたり、カラオケでジッグジャンク歌ったりしたかった。朝日と…。

ほんとうに、会いたかったのに。

だけどもう、絶対に会えないよ。

✉ **差出人**：ジュリ

宛先：朝日

件名：ごめんね

7月7日、会うのむりかもしれない。　ジュリ

✉ **差出人**：朝日

宛先：ジュリ

件名：どうしたの！？

7月7日、用事（ようじ）があるなら、ほかの日にしてもいいよ？　朝日

✉ **差出人**：ジュリ

　宛先：朝日

　件名：まだわからないけど

そのころ家の用事が入るかもしれないから。ごめんね。　ジュリ

✉ **差出人**：朝日

　宛先：ジュリ

　件名：が〜ん

せっかくジッグジャンク七夕(たなばた)まつりの日に会えると思ってたのに、残念(ざんねん)だね。

いつにする？　朝日

✉ **差出人**：ジュリ

　　宛先：朝日

　　件名：ごめん

ちょっと時間もらえるかな？？　ジュリ

✉ **差出人**：朝日

　　宛先：ジュリ

　　件名：え〜

どうしたの？

なにかあったの？　朝日

✉️ **差出人**：朝日

　　宛先：ジュリ

　　件名：どうしたの？？？

会うのいやになったの？

私なにか悪いこと言った？

メールこないし、ほんとにどうしたの？　朝日

☆……・☆・……☆……・☆・……☆

　あたしが朝日にメールを送らなくなって、５日が過ぎた。それまでは多い時は１日に２、３回はやりとりをしていたのだから、不自然なことこの上ない。
　あたしが返事をしなくなってからも、朝日からは何通かメールが来た。

✉ **差出人**：朝日

　　宛先：ジュリ

　　件名：げんき？

病気(びょうき)でもしてるの？

最後にメールくれたとき、なんだかげんきなかったから、心配(しんぱい)です。　朝日

✉ **差出人**：朝日

　　宛先：ジュリ

　　件名：あのことだけど

やっぱり私はジュリと会いたいな…。

ジュリは、もう私とメールしたりするのいやになった？　朝日

そんなんじゃないよ。

大きな声で叫びたかった。ごめん、ごめんミチル…、ごめん。

あたしは、朝日とこれっきりでお別れになるのは嫌だった。もっと、いろんな話がしたかった。テレビのこと、学校のこと。

きのうは転校して初めて、クラスの子と放課後にバレーボールしたんだ。そのこと、まだ朝日に報告してない。もし、このままうまくいって、あたしも学校で友達ができても、朝日は特別な、大切な友達なのに…。

ずっと会わないまま、本当の名前は教えないままで、友達でいられるだろうか、とあたしは考えてみた。朝日はおかしいと思うだろう。そんなこ

とをしたって、どうせいつかはばれるにちがいない。そしたら、朝日はどれだけ傷つくだろうか。

　やっぱり、本当のことを話して、朝日にあやまるしかないのだ。それで、それでも友達でいてくれる？　って、聞いてみようか…ああでも、あたしだったら絶対に嫌だ。

　朝日はメールで言ってた。いじめた子も、それを見てた他の子も同じだって。

　あのころのあたしは、まさにそれだった。ちょっとサヤカちゃんやりすぎじゃない、って思うこともあったけど、止めたりはしなかった。自分が、仲間はずれにされるのが恐かったから。

　朝日に話したら、もう友達じゃいられなくなる。きっと、朝日はゆるしてくれない。それにあたし

は、朝日を今までだましてたことにもなる。

　だったら、この先も、だまし続けたら？　できるかな。朝日が会いたいって言っても、ごまかし続ければいい。

　そうだ、もっと、うんと遠くに引っ越したことにして。だからもう会うのは無理だねって。海外とかでもいい。そうしたら、ずっとメル友でいられる。朝日のことも、傷つけずにすむし。

　だけど…。

　あたし、インターネットでまたうそをつくの？

　朝日と仲良くなって、うそをつかなくなったのに。今度は、その朝日にうそをつくの？

📩　**差出人**：ジュリ

　　　宛先：朝日

　　　件名：ひさしぶり

ずっとメールできなくてごめんね。

あと、7月7日だいじょうぶだよ。

花時計(はなどけい)の前に1時ね。

会えるのを楽しみにしてます。

いろいろ話したいことがあるよ。　ジュリ

☆‥‥‥・☆・‥‥‥☆‥‥‥・☆・‥‥‥☆

　そして、今日、７月７日。
　土曜日で晴れているので、待ち合わせをしている人はとても多い。あたしは赤いＴシャツで行くねって言ってある。朝日は、水色のワンピにジーンズだって。先週、ストレートパーマをかけたって言ってた。
　朝日、ううん、ミチル、可愛くなってるだろうね。あたしの顔、覚えてるよね。
　言わなきゃならないことが、たくさんあるよ。うまく言えるかな。
　花時計は、あと１０分で１時になるところだっ

た。

　あたしは、小さい声で、ジッグジャンクの七夕(たなばた)まつりを歌った。

　ごめんね。

　ごめんね。

　ありがとう。

♪七夕まつりの夜に君に会いに行こう…

　星の海泳いで渡っていこう…

　君に伝えたいこといっぱいあるけど

　僕のつたない言葉なんかじゃきっと届かない

　それでもありったけの勇気かきあつめて

　何万回でも君に贈りたいことば

　たったひとつのことば

　僕に出会ってくれて本当にありがとう…

作者 ・☆・

増原亜紀子（ますはら・あきこ）

1977年、大阪府生まれ。武庫川女子大学短期大学部卒業後、上田安子服飾専門学校にて継続してアパレルについて学ぶ。趣味は休日の散歩、色んなものを作ること。好きなアーティストは作中に登場するジッグジャンクのモデルにさせていただいた GOING UNDER GROUND。好きな作家は山崎豊子、灰谷健次郎、宮部みゆき、せなけいこ、加古里子。

画家 ・☆・

内藤あけみ（ないとう・あけみ）

広島県に生まれ、武蔵野美術短期大学卒業後、デザイナーをへて、イラストレーターとして独立。広告、書籍等のイラストを手がける。作品に「ネコクラブ3つのなぞ」（講談社）「とべないホタル7」（ハート出版）等がある。趣味は猫育て。

装幀 ・☆・ 松岡史恵

メル友からのメッセージ

平成19年7月9日　第1刷発行

ISBN978-4-89295-569-3　C8093
N.D.C.913／64P／18.2cm

発行者 日高裕明
発行所 ハート出版
〒171-0014 東京都豊島区池袋3-9-23
TEL. 03-3590-6077　FAX. 03-3590-6078

© Masuhara Akiko 2007, Printed in Japan

印刷・製本／図書印刷
乱丁、落丁はお取り替えします。その他お気づきの点がございましたら、お知らせ下さい。

第10回「ほたる賞」受賞作 竹内亨・作／早稲本雄二・画
いのちはどこに入ってるの？
大切な恐竜のオモチャが粉々に壊れて「オモチャが死んじゃった」と悲しむ純粋な主人公。カブトムシやクワガタも登場して、いのちって何なのか、幼い子どもにわかりやすく教えてくれる創作ファンタジー。　　　　　　A5判上製　本体880円

第9回「ほたる賞」受賞作 渡辺博子・作／鈴木永子・画
おかあさんのパジャマ
とつぜんの親の入院、不安や寂しさをガマンしている子供の心が痛いほどよく分かる。親と子、姉妹でも少しずつ違う気持ちを見事に描き分け、家族の絆を問う物語。同じ体験をもたなくても、きっと涙します。　　　A5判上製　本体880円

第8回「ほたる賞」受賞作 山崎香織・作／高橋貞二・画
チビちゃんの桜
村はずれの一本のサクラの木が、昔そこにあった家族を物語る。精一杯に生きる飼い猫たちが姉と妹に残してくれた"たいせつな時間"。動物と人間は理解し合えることを、深い悲しみと感動で教えてくれる。　　　A5判上製　本体1000円

第7回「ほたる賞」受賞作 竹田弘・作／高橋貞二・画
星をまく人
南の小島を舞台に繰り広げられるファンタジー。自然農法をいとなむおじさんの元に、都会からやって来た引きこもりの女の子。自分らしさ、ピュアな生き方を、ふしぎな"ホタル栽培"にかかわって体得していく。　　A5判上製　本体1000円

第6回「ほたる賞」受賞作 坂の外夜・作／画
ぼくはゆうれい
ゆうれいを題材に、いじめられた子といじめた子の目線で描いた物語。自殺した男の子があの世でおじさん（神様？）から出された「宿題」の意味は？　子ども社会の重いテーマをコミカルに描く。　　　　　　A5判上製　本体880円

第5回「ほたる賞」受賞作 上仲まさみ・作／高田耕二・画
ゴムの手の転校生
転校生は右手が「義手」でも、かくすこともしない強くて明るい女の子。クラスメイトの戸惑いから、いじめも生まれる。障害をもった子とどう付き合えばいいのか、真の優しさとは何かを問いかける。　　　　A5判上製　本体1000円